# DISCOURS

DE

# M. GRANDIDIER

MEMBRE DE L'ACADÉMIE DES SCIENCES

PRONONCÉ A MONTBARD LE 17 SEPTEMBRE 1888

A L'OCCASION DU CENTENAIRE

# DE BUFFON

## PARIS

TYPOGRAPHIE DE FIRMIN-DIDOT ET Cⁱᵉ

IMPRIMEURS DE L'INSTITUT DE FRANCE, RUE JACOB, 56

M DCCC LXXXVIII

INSTITUT DE FRANCE.

# DISCOURS

DE

# M. GRANDIDIER

MEMBRE DE L'ACADÉMIE DES SCIENCES

PRONONCÉ A MONTBARD LE 17 SEPTEMBRE 1888

A L'OCCASION DU CENTENAIRE

# DE BUFFON

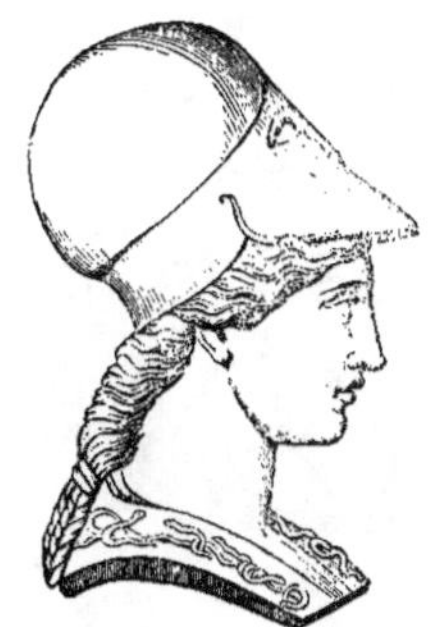

PARIS

TYPOGRAPHIE DE FIRMIN-DIDOT ET Cⁱᵉ

IMPRIMEURS DE L'INSTITUT DE FRANCE, RUE JACOB, 56

—

M DCCC LXXXVIII

# DISCOURS

DE

# M. GRANDIDIER

MEMBRE DE L'ACADÉMIE DES SCIENCES

PRONONCÉ A MONTBARD LE 17 SEPTEMBRE 1888

A L'OCCASION DU CENTENAIRE

# DE BUFFON

MESSIEURS,

Buffon était un grand écrivain. Nul n'a su peindre avec plus d'éclat les scènes de la nature, ni tracer avec plus de vigueur de magnifiques images. — Il était aussi un grand savant. Au génie du style il joignait le génie de l'observation et de la pensée.

Plein d'une admiration passionnée pour le spectacle de la nature, Buffon conçut l'entreprise hardie d'écrire l'histoire complète de cette Terre sur laquelle nous vivons. Les changements qu'elle a subis dans la longue succession des temps, la multitude prodigieuse d'animaux vivants ou disparus, de plantes, de roches, de minéraux, qu'elle présente de toutes parts, n'avaient encore jamais été étudiés dans leur ensemble. Étudiant les ouvrages scientifiques anciens et modernes, lisant tous les récits de voyages, accumulant et combinant un nombre étonnant d'observations, rapprochant et généralisant les faits alors connus, s'entourant de collections de toutes sortes, comparant avec les productions des temps présents les débris des premiers âges que l'on avait coutume encore de regarder avec une surprise ignorante comme de simples jeux du hasard, s'appuyant tout à la fois sur la raison et l'imagination, Buffon a non seulement écrit l'histoire particulière de ces animaux et de ces pierres, mais il s'est efforcé de découvrir l'enchaînement des causes et des effets auxquels sont dus les phénomènes de la nature présents et passés, il a cherché à voir l'âme des choses, et, hasardant des conjectures audacieuses, quelquefois étranges, toujours intéressantes, il a su faire la lumière dans le chaos des sciences naturelles.

Chargé par l'Institut d'apporter le tribut de ses hommages et de son admiration à la mémoire de ce grand naturaliste qui a été, pendant de nombreuses années, l'un des membres les plus illustres de l'Académie française et de l'Académie des Sciences, j'ai pris plaisir à relire ses principales œuvres, et j'ai, plus que jamais, admiré le charme de son style, la grandeur de ses pensées, l'enchaînement de ses raisonnements, surtout dans les *Époques de la Nature* où il a atteint une si grande hauteur de vues et où il a déployé un art infini pour présenter ses hardies hypothèses. Que pourrais-je mieux faire en ce jour, Messieurs, aux pieds de cette statue, en vue de ce château où il a été composé, que de vous donner un aperçu de ce chef-d'œuvre, *produit des méditations d'un grand génie?*

Buffon nous montre d'abord la Terre en fusion, tournant sur elle-même dans l'espace et prenant la forme sphéroïdale, puis se consolidant par l'effet de la diminution graduelle de la chaleur et de lumineuse devenant obscure. Dans ce premier âge, l'eau et toutes les matières ennemies du feu, en retombant à sa surface qui se refroidissait peu à peu, produisaient des explosions terribles, des ébullitions gigantesques, cause première des inégalités de la croûte terrestre.

Pendant la seconde époque, les matières volatiles, encore chassées du globe par la grande chaleur, l'enveloppaient d'une atmosphère épaisse, tandis que les matières fixes, fondues et vitrifiées par le feu, achevaient de se consolider, formant le squelette de la Terre. Buffon attribue au refroidissement graduel des couches extérieures la formation de trous, de cavernes, de boursouflures qui, ondulant et ridant leur surface, ont produit les plus hautes montagnes, celles qui nous semblent si prodigieuses par leur volume et leur hauteur et qui ne sont réellement que de légères aspérités.

La troisième époque comprend les temps où les eaux, qui jusque-là étaient dans l'atmosphère, ont pu s'établir à demeure sur ces couches déjà assez attiédies pour leur permettre d'y séjourner sans s'exhaler en vapeurs. Buffon nous les dépeint tombant sur la Terre encore brûlante, aride, desséchée, dont elles ont recouvert la surface presque en entier, saisissant les matières qu'elles pouvaient dissoudre, décomposant et transformant en argiles les sables vitrescibles, roulant de place en place pierres et rochers, s'ouvrant des voies souterraines et remplissant les profondeurs des cavernes formées par le feu primitif. Les mouvements désordonnés, les tempêtes, qui ont fatalement accompagné la chute de ces eaux et produit des dégradations et des bouleversements considérables, ont modifié profondément la première forme de la croûte terrestre. C'est à la fin de cette période que la mer universelle, au-dessus de laquelle s'élevaient seuls les sommets des plus hautes montagnes déjà recouverts de végétaux variés, a donné asile à une innombrable population de mollusques que Buffon regarde comme les premiers habitants du globe et dont les espèces, nées dans un milieu très différent du nôtre, sont aujourd'hui anéanties. La mer, en diminuant progressivement de hauteur, a mis à nu, d'abord dans les régions polaires, puis sur tout le globe, d'immenses étendues couvertes de couches calcaires et crayeuses formées par les dépouilles de ces mollusques.

La quatrième époque a vu les courants de cette mer creuser les vallées ; elle a vu les volcans, commençant leurs prodigieuses éruptions par suite du choc de l'eau contre le feu, rejeter sur la Terre des masses énormes de laves et de basaltes, quelquefois même soulever des îles au-dessus du niveau des mers ; elle a vu l'écorce terrestre se fendre et se disloquer et le cours des rivières changer sous l'action brutale des secousses et des tempêtes souterraines que produisaient les vapeurs expansives de l'eau venant en contact avec les roches en fusion.

Les scènes terribles et effrayantes de la quatrième période n'ont pas eu de spectateurs. Les animaux terrestres n'ont apparu que quand la Terre s'est enfin trouvée dans un état de repos; c'est sur les hauts plateaux des régions septentrionales, qui se sont refroidis les premiers, qu'ils ont pris naissance. Pendant cette cinquième période, les éléphants, les hippopotames, les rhinocéros ont vécu et se sont multipliés dans les contrées du Nord où ils étaient en grand nombre. L'Europe, l'Asie et l'Amérique étaient alors réunies.

La séparation de ces continents a eu lieu pendant la sixième période, postérieurement à l'apparition des éléphants. Vers le même temps, les terres polaires ont été envahies par les glaces, et les digues qui séparaient l'Océan et la mer Noire de la Méditerranée, lac jusque-là de petite étendue, se sont rompues.

A cette sixième époque, pendant laquelle les mers ont laissé à découvert d'immenses espaces, a succédé la septième et dernière, celle toute voisine de la nôtre, où l'homme, aidant la nature, a aiguisé les cailloux en forme de flèche et de hache et a pris par la culture possession de la terre. Dans cette dernière période, les aspérités du sol ont continué à se modifier sous l'action complexe des phénomènes atmosphériques; les pluies, les gelées, les inondations, détachant et entraînant les terres, ont adouci les pentes des montagnes et comblé les profondeurs des vallées, mais il n'y a plus eu de ces secousses terribles, de ces grands cataclysmes qui ont marqué les premiers âges du monde.

Tel est en résumé, Messieurs, le tableau des révolutions successives du globe que nous présente Buffon. Il est

certes imparfait, il n'en est pas moins d'une grande et sai-
sissante beauté. Quoique souvent basé sur des faits incer-
tains ou trop particuliers et plein d'assertions erronées, le
système de Buffon sur la formation de la Terre est remarquable par la grandeur des conceptions, par l'habile enchaînement des faits, par son ensemble hardi, et il élève
les pensées, en les fixant sur les plus vastes problèmes
qui puissent être soumis aux méditations de l'homme.

Il serait du reste injuste de juger la grande œuvre de
Buffon avec nos idées modernes. *L'esprit humain ne peut
rien créer et la connaissance des faits est le germe de toutes ses
productions*. Or, au XVIII<sup>e</sup> siècle, la plus grande partie de
la Terre était inconnue ou n'avait été explorée par aucun
naturaliste, et les rares collections ramassées dans les pays
même les plus fréquentés étaient incomplètes ; c'était là de
très mauvaises conditions pour édifier une théorie de la
Terre, et cependant, au milieu de conjectures fausses, Buffon a su s'élever par la puissance de son génie à des vérités
sublimes. N'avez-vous jamais vu l'horizon sombre s'éclairer
tout à coup lorsque les phares de nos côtes projettent leurs
rayons lumineux à travers les ombres épaisses de la nuit?
Ce n'est pas la lumière du soleil, les objets n'ont pas tous
une forme bien définie, quelques-uns même prennent une
apparence fantastique, les détails échappent à la vue, et
cependant le pays apparaît dans son ensemble de sorte
que l'on peut hardiment aller de l'avant sans la crainte de
se perdre dans les ténèbres et de manquer le but. Ainsi
Buffon a éclairé subitement d'une lumière vive le chaos
dans lequel étaient plongées les sciences naturelles au
commencement du siècle dernier.

Après avoir cherché à montrer comment les choses ont peu à peu pris leur forme et leur place dans ce monde, Buffon a entrepris d'écrire l'*Histoire naturelle de l'Homme*, histoire qui n'avait encore jamais été faite ; il a avancé et discuté avec une grande élévation de langage et de pensée et avec un esprit critique remarquable le principe de l'unité de l'espèce humaine, il a inauguré l'étude des races diverses qui peuplent la Terre et a élevé la voix, au nom de la science, en faveur des malheureux Nègres. Son tableau du développement physique et moral de l'homme, si brillant et si plein de charme, est un morceau de philosophie justement célèbre.

Il a passé ensuite à l'étude des animaux, dont il a aussi écrit l'histoire. Avec lui, cette histoire s'éclaire, s'anime, acquiert un intérêt qui lui avait manqué jusque-là ; il ne se contente pas de décrire dans un style élégant la forme et la couleur des mammifères et des oiseaux qui peuplent la Terre, il cherche à connaître, pour chacun d'eux, tout ce qui a trait à leur naissance, à leur organisation intérieure, à leur reproduction, et il les fait apparaître devant nous les uns après les autres, il nous fait assister à leur vie, nous initiant à leurs mœurs, nous montrant leur utilité, comparant leurs organes ; ces récits, basés sur l'observation et l'expérience ou résumant des documents épars, ont un intérêt puissant. Buffon n'avait pas *ces petites attentions de l'instinct laborieux* qui s'attache avec passion aux détails des objets, mais nul ne savait mieux que lui faire jaillir la lumière des faits isolés, obscurs, que les recherches minutieuses et persévérantes de travailleurs plus modestes avaient mis au jour et qu'il embrassait de son coup d'œil puissant; avant lui, d'habiles observateurs avaient ébauché des livres sur diverses parties de l'histoire naturelle, mais ces livres rebutaient l'attention par leurs nomenclatures arides, leurs détails fastidieux, leurs descriptions sèches, monotones et souvent inexactes. Buffon, au contraire, a mis sous les yeux du lecteur des tableaux vrais et vivants; comprenant et aimant les sciences naturelles, il a su les faire comprendre et aimer, et la clarté de son style, l'élégance et l'intérêt de ses descriptions, les rendant plus agréables et plus faciles, n'ont pas peu contribué à leur avancement.

On lui a beaucoup reproché, et non sans raison, de n'avoir mis aucun ordre dans son *Histoire des Animaux*; les systèmes de classifications artificielles alors en usage, qui, à défaut des méthodes naturelles non encore inaugurées à son époque, avaient cependant leur utilité et leur mérite incontestables, lui répugnaient. Il voulait bien qu'on réunît les choses qui se ressemblent et qu'on séparât celles qui diffèrent, mais il entendait que *les ressemblances et différences fussent prises non seulement d'une partie, mais du tout ensemble,* ajoutant avec raison *qu'en s'arrêtant aux connaissances superficielles, on ne pouvait avoir que des idées incomplètes des productions de la nature.* Si bien que ne trouvant pas de classification parfaite, il préféra, par une bizarrerie d'esprit ou par une prévention inexplicable, nous présenter dans son *Histoire* les animaux en plein désordre plutôt que d'avoir recours à un arrangement arbitraire : ne vaut-il pas mieux, disait-il avec une certaine ironie, que je fasse suivre le cheval par le chien, qui a coutume de le suivre en effet, que par un zèbre qui m'est peu connu!

On retrouve néanmoins dans son *Histoire des Animaux* les grandes qualités que nous avons constatées dans son *Histoire de la Terre* et dans son *Histoire de l'Homme*. Toujours à la recherche des causes et des effets, il s'est efforcé de s'élever jusqu'aux principes généraux par *la comparaison des êtres, de leurs propriétés analogues ou contraires et de leurs qualités relatives*, et, en suivant cette méthode, il est arrivé à formuler plusieurs lois importantes, qu'il a cependant trop généralisées. *Quoique tous les êtres organisés,* dit-il, *existent solitairement et que tous varient par des différences graduées à l'infini, il existe en même temps un dessein primitif et général qu'on peut suivre très loin, de l'homme aux quadrupèdes, des quadrupèdes aux cétacés, des cétacés aux oiseaux, des oiseaux aux reptiles, des reptiles aux poissons, etc., et il y a dans les parties mêmes qui contribuent le plus à la variété de la forme extérieure une prodigieuse ressemblance qui rappelle nécessairement l'idée de ce premier dessein sur lequel tout semble avoir été conçu.* Ailleurs il fait observer que les organes intérieurs sont à peu près les mêmes dans tous les animaux vertébrés, tandis que leur enveloppe et leurs membres diffèrent beaucoup de l'un à l'autre, qu'ils sont par conséquent le fondement de l'être, et qu'une légère différence dans le cerveau et dans le cœur, ces centres de l'économie animale, est toujours accompagnée d'une différence infiniment plus grande dans les parties extérieures. Enfin plus loin, il démontre que, *l'homme étant plus ému par les impressions du toucher, le quadrupède par celles de l'odorat, les oiseaux par celles de la vue, la plus grande partie de leurs jugements, de leurs déterminations, dépendent de ces sensations dominantes.* D'où ressortent les grandes lois de l'uniformité de plan dans l'organisation des Vertébrés, de la subordination de la forme extérieure des êtres à leurs parties centrales et de la prééminence relative des organes.

La loi de la distribution des animaux sur le globe est encore une de ses grandes découvertes. Le premier, il a montré, par l'énumération comparée des quadrupèdes, non seulement que chaque partie de la Terre a sa population d'animaux qui lui est propre, que chaque espèce a *son pays, sa patrie naturelle où elle est retenue par nécessité physique,* mais encore que les genres de mammifères de l'Amérique forment une série parallèle, collatérale à ceux du reste de la Terre. L'étude comparée des singes de l'Ancien et du Nouveau Monde est surtout très remarquable.

On doit encore à Buffon de belles études sur l'espèce et sa variabilité. C'est lui, le premier, qui a indiqué nettement que le vrai caractère de l'espèce est la *fécondité continue, la production perpétuelle et invariable;* c'est lui qui, après avoir suivi les modifications produites dans les animaux par le climat, la nourriture, la domesticité, a cherché, remontant le cours des siècles, à se rendre compte des changements qui paraissent s'être faits autrefois, et il arrive à cette conclusion hardie que les deux cents quadrupèdes connus de son temps sont issus de vingt-quatre types, souches primitives de tous les mammifères.

Il faut se reporter au temps où Buffon vivait pour apprécier la hardiesse de ses vues et admirer, comme elles le méritent, la profondeur de son érudition et la sagacité de son génie. On trouve dans ses écrits des contradictions, mais il n'y a point lieu de s'en étonner, on doit plutôt en louer ce grand penseur, toujours à la recherche de la vérité, dont les idées se sont modifiées et élevées à mesure que de nouveaux faits, venant à sa connaissance, lui ont montré les erreurs de ses premières conceptions.

L'œuvre de Buffon, Messieurs, est immense ; elle contient le germe des théories qui ont été émises depuis cent ans dans les sciences naturelles. Le résumé, que je viens de vous en présenter à la hâte, tout incomplet et imparfait qu'il est, suffit pour expliquer l'influence prépondérante que le grand savant dont nous fêtons aujourd'hui le centenaire a eue sur son siècle et pour montrer que ce n'est pas seulement par la clarté et l'éclat du style, mais surtout par la grandeur des idées qu'il a commandé de son vivant et commande encore l'admiration de tous. La voie que sa main puissante a ouverte à travers le vaste champ des connaissances humaines, et dans laquelle, quoiqu'on en ait dit, marchent depuis près d'un siècle et demi tous les naturalistes, sera longtemps encore suivie par les générations futures.

Paris. — Typographie de Firmin-Didot et Cⁱᵉ, impr. de l'Institut, rue Jacob, 56. — .3319.